献给我的祖国

打捞时光的诗意

dalao shiguang de shiyi

峻 冰 ● 著

学术·友情·诗歌

峻　冰

　　作为一个学习和研究影视（尤其是电影）的高校教师，参加中国高等院校影视学会、中国高等教育学会影视教育专业委员会等举办的年会及与影视相关的高层论坛，已是每年必须的事。影视学界的老朋友聚在一起，围绕某一主题或某几个话题展开严肃而热烈的讨论，因而能很方便地聆听前辈高人的真知灼见，或有点儿惊异地听闻后辈学人的新奇发现，自然成了一种乐事，或者也算一种幸福。其实，知识或学问的更新也与日新月异的世界一样，需要不断地检视、总结并汲取多方面的意见的。

　　人是情感的动物，交流是人自由的表征。于年会或论坛学术交流之余，五六个或七八个平素要好的朋友，邀约聚于中高档的餐厅，喝上几瓶好酒，或再换至路边的烧烤或冷啖杯摊子整点儿啤酒，似也是正式学术发言或讨论后放松的一种方式。文人多好酒，显然是有传统的。杜甫在《饮中八仙歌》一诗中不是说"李白斗酒诗百篇"吗？只要酒是香的，情是真的，饭菜还算可口，这种有本土文化渊源的表达友谊和传递情感的方式是不大可能消弭的。其中的趣味，是不置身其中便难以真正体味的，或者彼此若非性味相投的真朋友，也是难以体会个中滋味的，抑或之于鲜于交友且从不沾酒的人，亦是断然体会不到其中的快乐的。

成都作为西部大省四川（简称川）一直以来的首府（简称蓉，因其体量巨大和发展迅猛，民间甚至有"成都省"的赞誉），重庆（简称渝）作为从四川分出去的西部唯一的直辖市，可谓巴蜀大地本属一家却分局川渝的两颗璀璨明珠。当然，来自成都的四川大学研究影视的学者、西南交通大学研究影视的学者和来自重庆的西南大学研究影视的学者素来相熟便自在情理之中了。借着开会见面的机会，约在一起小酌怡情（自然多在会后的晚上），自是常理——这似乎可以视为一种成人游戏。席勒在《美育书简》中曾说："只有当人在充分是人的时候，他才游戏；只有当人游戏的时候，他才完全是人。"①几杯酒下肚，兄弟们打开话匣子，或怀想旧事，或谈天说地，或聊聊趣闻，或发发牢骚，或叙离情别意，或想日后打算……把酒倒在肚里，把情写在脸上，把唯恐好朋友不信自己真诚的话反复言说，不知不觉，半斤八两就不见了踪影；时间也飞也似的跨过午夜，但兄弟们的嗓门一点儿没低，散场的建议好像还没有人好意思先提。现在想来，这也许是魏晋名士风骨或水浒英雄好汉精神在文人血脉中代代奔流的缘故吧！

颇有意思的是，在全国研究影视的211或985高校的教授中，同时又从事文学创作（尤其是写诗）的人并不很多，但在川渝之地，便就有我和袁智忠两人可列于其中；更为"奇葩"的是，在酒桌上，在众师长学人面前，在有人出题、有人监督、有人点评的前提或约定下，两人不止一次地公开写诗朗诵（名曰"斗诗"）的，可能也只有我与智忠兄了。两个性情相投、谦虚向善的人，酒过三巡，寻纸提笔，洋洋洒洒，一气呵成，好不畅快；智忠兄五十有余，我亦四十有加，彼此虽有近十年代沟，且都中年油腻，但此时各自的脸上却洋溢着孩子般的天真、稚气，或者这也可谓在当今社会不怎么受人待见的诗人、作家所必需具有的一种超越凡俗的真纯、率直心性吧！

也是作家②的存在主义哲学家让-保罗·萨特曾在《存在主义是一种人道主义》的长文中说过："如果存在确是先于本质，人就永远不能参照一个已知的或特定的人性来解释自己的行动，换言之，决定论是没有的——人是自由的，人就是自由。"③也即是说，人可以凭倚自我独立思考的"自由意志"的驱使去进行无条件地选择、行动，并以此说明自身、界定本质。文人无疑是爱好自由的，尤其是精神上的自由感。当然，一如萨特所言，我们的自由"完全离不开别人的自由，而别人的自由也离不开我们的自由"④。一些多日不见的性情相近、趣味相投、心地善良、以诚待人的兄弟挚友聚在一起，喝杯小酒，谈谈离情，聊聊学术，写写诗文，应是知识分子心灵深处寻求自由并渴望交流的自为状态不自觉的外显。尽管在某种意义上，如萨特在《存在与虚无》一书中强调的："自由，显然就是在人的内心中被存在的、强迫人的实在自我造就而不是去存在的虚无"⑤，但"自由"之于某种特定的境遇，其魅力将可能无限地放大，并具有谜一样的神秘魅力。在美丽情感（亲情、友情、爱情）的激荡下，诉诸形而上审美意识的诗歌也许就是最好体现自由的物事，也是将灵魂净化、升华的便捷手段。在真正文人墨客的血管里，自由与情感，诗歌与自由，情感与诗歌，往往是难以分界，而且是极易跨界融合，携手奔涌向前的（尤其是在好友相聚、酒意正浓的处境中）。这也许就是我与智忠兄屡屡酒后"斗诗"的深层诱因，也是我参加多个学术年会或论坛之后久久不能忘怀那些美好记忆的因由——一个个挚友自由而快乐的面孔常浮现于我的脑海。我想，这甚至可以算是人之所以为人，抑或精神的灵性之所以神秘莫测的原因了。

注释：

① ［德］席勒：《美育书简》，徐恒醇译，北京：中国文联出版公司1984年版，第90页。

② 作为作家，萨特主要创作戏剧和小说。其戏剧创作成就最大。他一生共创作九部剧本，《苍蝇》（1943）、《间隔》（又译《禁闭》，1945）、《死无葬身之地》（1946）、《恭顺的妓女》（1946）、《肮脏的手》（1948）、《魔鬼与上帝》（1951）、《凯恩》（1953）、《涅克拉索夫》（1956）、《阿尔托纳的隐居者》（1960）。其中前五部较为成功，影响也较大。除戏剧外，萨特还出版了中篇小说《恶心》（1938），短篇小说集《墙》（1939），长篇小说《自由之路Ⅰ：不惑之年》（1945）、《自由之路Ⅱ：缓期执行》（1945）和《自由之路Ⅲ：痛心疾首》（1949），自传体小说《文字生涯》（1964）等。萨特的戏剧多被称为存在主义哲理剧（也称"处境剧""境遇剧"等）。

③ ［法］萨特：《存在主义是一种人道主义》，周熙良译，《外国文艺》1980年第5期。

④ ［法］萨特：《存在主义是一种人道主义》，周熙良译，《外国文艺》1980年第5期。

⑤ ［法］萨特：《存在与虚无》，陈宜良等译，生活、读书、新知三联书店1987年版，第566页。

［原载黄会林主编中国高等教育学会影视教育专业委员会20年纪念丛书之《光影论语——青春作伴再扬帆》（中国广播电视出版社2018年版），收入本书时略有改动］

时间的记忆

峻 冰

在历史的本文里
三十年很短
在人生的日记里
三十年太长
如果有一个细节
三十年以后
我们还记得
那一定是刻骨铭心的记忆

相遇
是前世注定的
我们来自北方　冬季
很寒冷的城镇或乡村
有一样的语言和习俗
有相同的老师和朋友
有共通的情感和血脉

那个时刻以后
我们踏上属于自己或他人的前程
看到很陌生的习俗

听到听不懂的语言
体验难以沟通的情感
但在隐秘的心底
总回荡着乡音
高扬的重逢的期许

一切你熟悉的
我都记得
一切我熟悉的
你可记得
年少时你灿烂的回眸
我竟记了一生
不知何时
还在冬季　梦里
与你相遇
最好是尘世里
我们促膝絮语

2018.9.1

爱，暖暖的

峻 冰

爱　你
爱　我
爱　他
初春的晨露　凝结满眼的欣喜
滚落一泓思念的泉水　青草依依
在荒芜的心田　有力的拥抱
或者　手与手的紧握
任友谊疯长成参天的大树
朋友
永远而温暖

爱　父母
爱　兄弟
爱　姐妹
秋熟的和风　张扬记忆的旗幡
吹皱一湾关爱的溪流　玫瑰生香
在每一寸的土地　深夜的电话
或者　一封简短的信
让亲情酿成醇浓的酒

亲人
温暖而永远

爱　人
爱　　你的爱人
爱　　爱你的人
仲夏的风雨　涂抹灵肉的素描
放飞一行归家的大雁　彩云飘飘
在每一独立的族群　泪眼的相望
动情的亲吻
凭世间万物消失于无形
爱人
温暖，渴望永远

爱　生命
爱　山川
爱　世界
深冬的暖阳　抚慰受伤的心灵
起航一艘交往的巨轮　塔台通天
在同一片蓝天下　坦诚地对话
和谐地相处
把地球建成充满爱的村落
人类
永远，渴望温暖

2010.12.31

/目 录/
contents

第一辑　感　恩

第二辑　劳动者的雕塑

第三辑　走过羊湖

第四辑　光影三十年

第五辑　杯中的最后一滴酒

第六辑　致曾经的美丽

第一辑 ┃ 感恩

用笔尖的凝重写下两个大大的字
我用迄今走过的路作尺
丈量你饱润情感的深度
太难了
读懂了你
我才可能读懂
曾读过的全部的书籍

第一辑 感恩

感　恩

用笔尖的凝重写下两个大大的字
我用迄今走过的路作尺
丈量你饱润情感的深度
太难了
读懂了你
我才可能读懂
曾读过的全部的书籍

用宽大的画幅触动你的情境
我用四十年的经验作色
想象你关爱的世界的广度
太难了
我突然发现
无论多大的画布
也无法容纳你全部的内涵

用八千万像素的相机拍你的细节
我用所有看过的影片作底
去记录你的点滴　你的壮举
太难了
我非常困惑
按下快门的次数越多
值得拍摄的内容越难以取舍

啊
我的父母　我的亲人
我的老师　我的同学
我的朋友　我的同事
所有我爱的和爱我的人
所有爱我们的人
所有我们爱的人

我把所能想到的祝福
连同世间所有的鲜花
在新年的钟声即将敲响的时刻
把你未来的每一天都装点成喜庆的节日
直到永远

2011.12.30

大地之爱

一

来来去去　来去匆匆
一代又一代的人
把常新的太阳挂在思维的眉梢　目光的荒原上
心灵匍匐于大地　永远地
我们收获你的馈赠
你收集我们的眼泪与汗水
从五千年前那个孕育生命的冬季
到今天这个诗意盎然的初夏的早晨
孩子们已经在广袤的原野里　用飞翔的纸鹰
迎接新的时刻被灿烂的阳光温暖的你

二

时光汩汩流淌的历史长河里
肤色相同的人走在了一起
手拉手采撷秋日的风景　在心底
不停地呼唤你的名字，祖国啊
你赐予我们名字、价值与梦想
我们奉献给你青春、真情与和谐
从此时脚下的这块土地向极远处延伸
无论阳光下的哪一个角落
我们都用"龙的传人"这响亮的名字

大声说明自己，说明父母和子孙

三

血脉涌流，在我们的身体与灵魂里
你把千百年来祖祖辈辈累积的精神
植入我们的头颅和脊背
昂起头，挺起胸，用大写的人
把生命的意义向儿子和儿子的儿子传递
母亲，还有父亲
你已燃尽最后一盏灯油
我们用你的智慧照亮黑暗　在人生的十字路口
判断风向、阴晴与行程
一路的坎坷因了你深情的守望而消失

四

你曾经或正在告诉我们
人格与文化是一个人生命的支点
一页页翻过一本本厚厚的大书
你清癯的面孔总泛着睿智的光芒
从昔日那位游走列国的圣人
到还在大山深处为留守儿童启蒙的老师
都在同一片土地上耕耘啊　数千年来
方块字码成的七彩世界久久地
聚焦了无数孩子们的目光
承载了无数成年人的梦想

五

你　我　他

其实都一样　在共同的村落里
播种　生根　发芽
太阳系里只有一个地球　一个有生命极限的地球
只有爱与关怀能延长它的年龄
不要战争、瘟疫、地震与海啸
不要车祸、雾霾、干旱与洪涝
让绿色和鲜花装点视野
让健康和真诚溢满胸膛
让大家，都有一个救救孩子的渴望

　　六

一代人来　一代人走
太阳升起　太阳落下
唯有大地托起我们的思想
唯有照常升起的太阳把我们的思想照亮
爱你　爱我　爱他　爱这个世界
用感恩之心开启尘封的记忆
用关爱之手抚慰幼小的心灵
让年轻的以及更年轻的生命
因爱，因关怀，茁壮成长
直到永远，永远

2014.3.16

自然之美

蹚过六十年前的那条小河
依偎河边袅娜的杨柳
你和我　我和他
我们和你们共同见证了自然的羞涩
鱼儿和鸟儿倾心的交谈
诱惑了清洁的阳光放慢了脚步

我爱你啊
站在屋檐下向我挥手的妈妈
你走远了吗
一身戎装纵马远行的儿子
我们没有忘记那枚刻上钟楼的英雄的徽章
我们没有辜负脚下生我养我的肥沃的土地

我爱你啊
站在河边依依不舍送我的姑娘
你还好吗
我日思夜想守卫家园的人儿
门外的小鸟、树上的雪球告诉我们
冬天已经来临
春天自然不会远了

肯定会回来的
那拂过我们脸颊的清新的空气

我们曾经仰面躺过的青青的草地
肯定会圆满的
我和你一起寻找了半个世纪的爱情
你和我共同坚守的一生一世的情谊

走在雪地里
走在残阳中
走在用热血和真情浇灌的大地上
任故土松林的风抚摩你我的发际
我们顿悟
自然的美丽才是真正的美丽
人因了自然的美丽才更加美丽

2016.9.16

乡 恋

把一片被泪水打湿的乡土　瑟瑟地
放上心头
想感知她的温度、长度、密度、深度
色彩、情愫、风格和节奏
读不懂你啊
我们用了一生的真诚、鲜血和留恋

岁月苍老的风已再次辗转掠过
菊花已残　夜未央
满地零落成泥的感叹和愁思
昨夜的辉煌警示今天　预示未来
每个人注定有一个故乡　一个明天
但我们只有一个地球　一个历史

站在鼓浪屿的岸边眺望大海
故乡在水天一色处招手
海太宽　浪太急
我们只能用凋零一地的落叶想象
你的模样　你的深恩　你的思想
从五千年前开始
直到今天
你我外在和内在的真实距离

其实，月光在海面上泛起涟漪

或者　把农家小院的屋角涂满银色的时候
阿妹总会在床头思念那远行的阿哥
爱情凝聚了凌晨树叶的甘露
滚落即将沸腾的黄色的褐色的红色的土地
这就是孕育传说的神奇的热土啊
勇敢的生命一辈又一辈传承

有人说
心中有了故乡
有了那片土地上萌芽的爱情和渴望
如我辈四海漂泊的游子
就会有直面任何困境的勇气和力量

2016.10.24

记 忆

在北方行走
行走在北方
我努力描摹的记忆
在记忆之外　夹着些许乡韵
绽放成雪白的玫瑰

这是一个冬天
人只把路走成通向温室的符号
野兔在温暖的窝中酣睡
迤逦的雪原上　刺骨的北风
让一两颗孤傲的槐树更加孤傲

想捧起一个个金黄的玉米棒子
把关于整个秋天的想象
和着房梁上悬挂的熏黑的肋条
窗檐下一串串红彤彤的辣椒
院墙边满满一窖新鲜的红薯和白菜
演绎成那座砖瓦结构的农家院落里
热热闹闹的整个冬天的梦想

男人们终于耐不住时间单调的拷问
用有彩头的游戏或无休止的唠嗑
在冰冻的时光之河上荡起一两朵波澜
抑或　三五个青壮的劳力

跑向白色的原野
不怀好意地向野兔问好

那仿佛我的故乡
几十年前故乡的蓝图上
那朴实的再也不能朴实的乡民
用他们的形式和风格书写自然的精灵
自然　即使在今天异乡的北方
同样有着春一样的活力
春一样的魅力

2018.2.10

和　谐

从远远传来的歌声
以及风里裹挟的青草和奶茶的香味
我们知道　我们迎来了
你们和我们的爱情
那就随着生命的旋律舞蹈吧
那就和着自然的乐谱吟唱吧

拥着草原
牛羊渐渐进入甜美的梦乡
拥着爱情
年轻的人们数着璀璨的星星
拥着勤劳
城市的路灯眨着不眠的眼睛
拥着希望
美丽的歌手弹起了冬不拉

祖国啊
你把勇气和胆识给予我们的祖先
你把自信和爱心给予我们
你把希望和蓝图给予我们的子孙
祖国啊
我们定能将沉重的责任扛上肩膊
我们定能经得起任何磨难的考验
我们定能维护住中华民族的尊严

让所有的舞者和歌者　舞蹈和歌唱吧
让所有的河流和湖泊　清澈和洁净吧
让所有的山野和森林　青翠和茂盛吧
让我们所有的梦想
让所有有梦想的我们
放飞自由　放飞健康　放飞真爱吧
既然我们拥有了辉煌的昨天
我们就有理由相信
辉煌的明天离我们不会太远

2018.6.8

想念远方

远方真的并不遥远
尽管隔着重叠的山山水水
梦中
我总觉得远方就在身边
因为那熟悉的味道
那均匀柔美的气息
一直在我的耳边萦绕

不是
不是在耳边
而是在心底
我轻轻地
轻轻地翻阅心底的那一幕
心一阵阵的抽紧　伴着隐隐的疼
我深切地知道
我深切地爱着远方

其实那一幕幕关于远方的记忆
始终弥漫于脑海
我手足无措
我感到视力严重地下降
我竟然不知道从哪一页开启
这浓郁的美丽

我一定要去远方
寻找我最初的梦想
因为那一如我魂牵梦绕的故乡
仿佛我的初恋
我坚信
远方并非一无所有
而且让我终生难忘

2018.8.16

向你致敬

当我抹下最后两行热泪
我真的感到
那么多美丽的女孩
那么的美丽
与善良

男性
尽管有时
有点儿任性有点儿强悍有点儿痴狂
但在她们的温柔面前
我们
一无所有

我的朋友
我的知己
我的爱人
作为女性
让我怀念一个冬季
我知道 春天
已经走近

在地球的每一个角落
俗世阴谋着俗化你们
拒绝庸俗

是你的个性与追求
也是我的使命与担当
呵护你们　关爱柔弱
是人世间最大的人道主义

我常常想　想念你们
想象远方
想象诗
想象着随便的什么
世界慢慢在想象中
甜美

2018.11.20

怀念春天

春天还在
我想到春逝去时的伤感
它们以灿烂的笑容作别
我知道
那一种离去
是我生命中常有的痛

你们到来了
从几百里之外
以超然物外的姿态
信笔由疆地书写
无论如何
在春晚相聚
一如那些采花的蜜蜂
告诉我
你们对我们的关怀与希望

你、我、他会继续前行
你们、我们、他们
没有距离
在伪装泛滥的冬天
我们还是有了秋之收获
金黄的　饱满的
感情在燃烧

走在奔向下一个春天的道路上
我想与你们携手
走过坦途或坎坷
但那是一生的感念啊
走进夏天、秋天、冬天
我们　心底的情感
在沸腾的时空中
一如既往的艳丽

2019.5.22

注：为顺利完成四川大学文学与新闻学院2016级戏剧与影视
学及相关专业硕士研究生答辩工作，西南大学新闻与传媒
学院虞吉、袁智忠两位教授担任A、B组主席。是日晚，
由西南交通大学高力教授、四川大学黎风教授等作陪，于
四川大学望江校区南门和席酒楼一聚。席间，酒过三巡，
拳过五令。智忠兄又言斗诗，遂由黎风教授出题《怀念春
天》，我便与智忠兄同题赋诗，而后现场朗诵，众人一片
称好，纷纷举杯同祝春天里还算健康的我们明天更好。

感谢一盏永远为我照亮暗夜的灯

梦中醒来的时候
发现一盏灯一直为我亮着
不离不弃　不慌不忙
我仰仗它的光芒
它一直都无怨无悔，日日夜夜，发光发热
我懂得它的辛劳，心存感恩
当每一次有求于它的时候，我知道
我所有的收获都是因了它的馈赠

我尽可能少地按下开灯的按钮
它毕竟是有使用寿命的
十余年的辛勤付出，它给了我光明、知识
财富和赖以遮风避雨的伞
我心存敬畏
对它的尊重、诚信、爱戴是我仅有的礼物
尽管它从没索取
尽管我很贫穷

我常常反思
小心翼翼地观照那些过去的美好时光
抬起头，温暖如初
我轻轻地擦去它身上尘封的阴霾　满心的虔诚
没有一点儿的欺骗、算计、贪欲
尽管伴我经年

尽管已放在我的床头
但它真的没有一直为我点亮黑暗的义务

一切都是因为我对它诚实、珍视
而不自恋、自私、自大的缘故
它是我的老师、我的朋友
我感谢它给予我的一切
把它温馨的注视、关爱藏进灵魂深处
——人是有感情的精灵啊
我深知，世间没有无缘无故的爱
它是否爱我　是否为我照亮前路
完全取决于我的品格、操守与德行
——境界的高度最终决定思维的高度

暗夜中，我常常怀念蜡烛、灯塔
怀念生命中为我伸出援手的师者、亲友
感谢有您
您照彻俗世的黑暗
照见我心灵的误区
引领我前行　指明我的方向
我为您祈祷
怀想历史　思念远方
望着您不计回报的匆匆背影　蓦然回首
床头立着一盏为我守候的灯

艾青说：为什么我的眼里常含泪水？
因为我对这土地爱得深沉……

2020.6.1

第二辑 劳动者的雕塑

春天把鲜花献给大地
原野 五彩缤纷的庆典
一个扶犁挥鞭的农夫
一洼水田中
一声沉重的吆喝
在太阳下 成了唯一的主角
因为上一年的辛劳
因为下一年的希望

劳动者的雕塑

手

那是一双普通而平凡的手
血肉之躯
和你、我、他的一样
有着孩童或成人的温度与力量

那是一双不普通的手
果决、智慧而坚韧
当灾难突然降临时
你尽力张开瘦小的身躯
想护住几朵含苞待放的生命之花
你努力握成拳头
为了那支书写知识和历史的钢笔
你能够忍住巨痛再次举起的时候
是要向身着迷彩的军人行一个队礼

那是一双不平凡的手
勇敢、有力而无私
当巨震瞬间发生时
你在四千多米的高空
猛地拉开伞包
像展开一片呵护万千生灵的云
你不分昼夜地劳作
为了尽快送去一车车的温暖

为了使那些埋在废墟中的人们
早一点看到次日清晨的阳光
感受到一个多灾多难的民族的坚强

2008.6.12
写于5·12汶川大地震之后

脚

那是一双普通而平凡的脚
血脉奔流
和你、我、他的一样
有着孩童或成人的速度与力量

那是一双不普通的脚
稳健、快速而坚定
当灾难突然降临时
你伫立距安全区极近的讲台
想让最后一个学生跑出教室
你不知疲惫地奔跑
为了一个又一个等待救援的人
为了让刹那间成为秘密的灾情
早一刻放下远方的关切与渴望

那是一双不平凡的脚
果断、快捷而刚强
当巨震瞬间发生时
你每小时八十余公里负重疾走
想在第一时间挖出被砖墙瓦砾掩埋的生命
你一刻不停地奔忙
为了修复毁损的道路和桥梁

为了使那些困于孤岛的村民与游人
早一刻到达安全的地方
去抚慰全世界的关爱与感伤

2008.6.12
写于5·12汶川大地震之后

脊　梁

那是普通而平凡的脊梁
血肉铸就
和你、我、他的一样
有着孩童或成人的厚度与力量

那是不普通的脊梁
厚实、宽大而刚劲
当灾难突然降临时
你毫不犹豫地挺直
想扛住摇摇欲坠的房梁
为了给他人以生的希望
你主动地弯曲
为了背出孤寡与病患
为了抢收金黄和播下生活的理想

那是不平凡的脊梁
执着、隐忍而坚毅
当巨震瞬间发生时
你背起全国各地的爱心和向往
想把感恩的轻重作一次实地的称量
你扛起探测与施救的器械
为了倾听废墟深层生命的呼唤
为了清除生死之间厚厚的屏障
你驮起十三亿中华儿女的深情与厚意

为了让受伤与未受伤的人民
共同肩起举国之殇
共同实现民族振兴国家富强的梦想

2008.6.12
写于5·12汶川大地震之后

城市建设者的美学

一

高高的脚手架上
身体抽象为音符
或敞亮或阴郁的天空下
用粗糙的双手
你把生活弹成感人肺腑的乐章

黎明的睡意中
弯腰或斜立的姿势
你被晨曦刻成雕塑
也许显得卑微
但你站得最高　看得更远
一次又一次
把一个城市的高度艰难提升

二

因为
水为树之源
根为花之本
河为母亲河
满树怒放的花放飞漫天的焰火
那是在礼赞清洁河面的你

经年的坚持

那张爬满皱纹的笑脸
那身脏兮兮的旧工装
想洁净环境与人性的弱点
想让看风景的人看到风景
你说　人要有担当
要有爱

三

亲自动手　创造惊喜
把最本真的美雕刻成生活
专注　细心　思考
眉宇间洋溢的不啻快乐
还有小骄傲

你们是闯荡城市默默无闻的一群
平凡得
已经不能再平凡了
但正是你们
把城市打扮得靓丽
看吧
老人们一次次会心的微笑
孩子们一声声纵情的欢呼
就是对你
和你们的美学
由衷的赞许

2011.11.17

劳动者的雕塑

一

春天把鲜花献给大地
原野　五彩缤纷的庆典
一个扶犁挥鞭的农夫
一洼水田中
一声沉重的吆喝
在太阳下　成了唯一的主角
因为上一年的辛劳
因为下一年的希望

远处的田埂上
扁担　肩膊　弯曲的脊梁
被阳光刻成生命的弧线
汗水升腾起生机与坚守
一头担乡村
一头担生活

二

铁的味道使人迷醉
一排排钢梁使人眩晕
蓝色的焊光　火热的激情
把汗水和夜晚点燃

机器穿行　铁臂林立
一个个巨大的惊叹号
偌大的车间里
正在抒写时代的赞美诗
欢快的节奏放飞梦想
恢宏的乐章从大地深处响起

三

走在横亘高空的电缆上
一如走在空荡荡的街道
那不是系有安全绳的演出
他们想　第一时间
为千家万户送去爱和光明

一介凡人
常常飘在空中
玻璃或瓷砖的墙面
再次焕发出刺眼的光辉
你终回大地　喝一口水
或者啃一块面包
微笑　就升华到思想的高度

四

鹅毛大雪
冰冷了坚硬的铁轨
但总是冰冷不了年轻的调度员
火热的心
在一节节车厢旁跳舞
酷寒的冬季渐渐暖了

下井前，神采奕奕的他们
用憨厚的微笑
坚毅的眼神告诉家人
准备好了　向最深处掘进
为集体　为民族　为国家
更快更好的前进提供动力

2011.11.17

大地的签名

一

璀璨的灯火点亮朦胧的夜色
五彩缤纷的大厦讲述童话
烟花飞舞
闪亮了一个城市的眼

火红的枫叶在绿茵上燃烧
白色的水雾罗织珠帘
醉酒的朝阳
整整一个秋天
把飞花碎玉中沉醉了每一个夜晚的城市
轻轻笼住

二

蓝天　白云　雪山
羊群　草原　圣湖
织就献给大地的画卷
那是生命的根啊　山脚下
母与子　用歌舞
赞叹一个季节的颜色

霞光初绽

晨雾浓得化不开
毡房里飘出香味和炊烟
还有牛羊和那放牧的姑娘
草原的梦
被她清脆的鞭声惊醒

三

山里的雪乡
生活纯粹是纯粹的白色
穿过挂满冰棍的廊檐
听积雪漫漫融化
邻里间走动走动
日子流成了潺潺的溪水

层层叠叠的梯田
热烈宣告绿意与活力
她们渺小又伟大
一起一俯间　用背篓采撷春天
鲜艳的民族服
如一望无际的茶山间芳香四溢的花朵
美而无言

2011.11.18

享受难得的幸福

一

劳动的间隙
读报成了习惯
这一群为城市奠基的人
言说的时间远比沉默的时间少
繁重的工作依然繁重

二

他们也赶上了现代科技
按下手机的一个按钮
让瞬间的精彩永恒
笑得合不拢嘴
许是在想
要不要让一生重来

三

旋律　舞步　惊叹
汇成五彩的河
点　线　面
织成飘飞的彩带
把偶尔一个热情的夏夜

男男女女的幸福
逐格放映

四

满满一背篓的金黄
收获的喜悦植入每一条皱纹
一辈子
谁不想拥抱丰收呢

五

盼了一年的年很简单
吉祥的剪纸
大红的灯笼
晶莹的饺子
几瓣蒜　两个枣
年味在加班的车间里蔓延

六

浓浓中国味的红
在宽阔的街道流淌
舞步　锦扇
优雅的姿态
夕阳定格了夕阳红
在团圆的日子
笑容是每个人随身携带的礼物

2011.11.18

临摹古蜀道的影子

饱蘸心血和心智的画笔　黄昏
在被称做自然的画布上临摹
古蜀道的精灵飞在夕阳的余晖里　与落霞媲美
那蜿蜒拓进的身影　和着孤独或孤傲
把关爱送给每一个旅人
　　　　　　　每一行驮队
　　　　每一个村落
　　　　　　每一座城镇

一座关口　一个汉子
把所有的危难和担当视为游戏　笑谈间
狼奔豕突　灰飞烟灭
越过那座大山就必须越过那道关口
驮队燃起的炊烟和想象
飘过隘口
弥漫于它背后的城镇

一座城镇　一群商贾
把交往和探寻的大纛负上肩背
仿佛背着漫漫历史长河的沉淀
文明　一个族群或多个族群的集体记忆
它是一颗无论飘落何地都能生根发芽的种子
在古蜀道的每一个驿站　每一寸心田

潜滋暗长
孕育生命、生机和生存

血可流　肠可断
泪水莫轻弹　把自己扮成勇士悲壮的模样
情可抛　恨可忘
乡关在何方　把自己装成不念故园的游子
青草摇曳　小桥流水
山石壁立　荒漠硝烟
或横笛轻吹　或山歌高唱
或仰天长啸　或长歌当哭

太难了　穿越古蜀道
一如穿越银河　采撷璀璨的星辰
认识美丽与认识自身一样
有着神奇、神秘令人神采奕奕的魅力
虽然没有路
只要沿正确的方向一直走下去
总会通达心灵和成功的彼岸

他们出发了
这些礼仪之邦的先行者
怀揣大爱、大义、大智、大德
他们经历了　一生最为痛苦的磨难
他们阅读了　东方最厚重的交流史
以丝绸、瓷器、金石、字画为颜料
涂抹喜悦、困厄、失落、希冀的精魂

那是一条铺满鲜花的路
在等待穿越者的眼里
那是一条荆棘密布的路

在正在穿越者的心里

那是一条生与死、高尚与堕落、绝望与希望纠结的路

在最终穿越者的思想和情感里

那是一条礼与乐、认知与觉悟、审美与启智并存的路

在前人、今人、来者的生命和文化里

2012.3.26

走出延安

一个人领着一群人
在山雾还拥着宝塔山鼾眠的时候
在延河水轻轻叩响老区人梦想的时候
看着山风掠过的坎坎峁峁
哼着红歌飞扬的文化与历史
想着一幅幅生产与战斗的奇观
带着钢铁到底是怎样炼成的疑问
揣着未来一定会更加美好的信念
奔向壶口　奔向南泥湾
我们想把人生的价值与红色经典
比对　核算　检验　实践

这是一个众生喧哗与万物沸腾的年代
实利　功用　消费　快感
这是一个心灵净化与信仰升华的年代
公益　精神　思考　感悟
这是一个灵与肉　爱与恨　贫与富
科学与愚昧　道德与堕落　文明与封建
纠结　冲撞　挣扎　共谋的年代
需要良心　仁爱　智慧
对恶念　秽行　阴谋
来一次彻头彻尾的清算

中国　到了重返辉煌的十字路口

民族　到了生死存亡的危机关头
我们　到了匹夫有责的激情岁月
独立　自主　团结　革新　公平　拓进
在今天
这个五颜六色肆无忌惮的日子
比任何时候都显得紧急　紧要　紧迫

啊
我的爱人　我的朋友　我的亲人
我的同胞　我的民族　我的祖国
我任何时候都没有像此时此刻
深感我们的距离如此之近
近得让我激动　近得让我窒息
我要向这个高尚与凡俗拥吻的世界
向那些被玫瑰和郁金香熏晕的人们
向那些放逐关爱忘记历史泯灭人性的人们
呐喊——
珍视我们的爱情　友情和亲情
珍视我们世代传承的文化
珍爱我们正在崛起的祖国
珍爱我们祖祖辈辈栖息的家园

2012.9.21

注：本诗为诗人2012年9月21日随在延安考察的中央党校47-
48期哲学社会科学教学科研骨干研修班学员赴南泥湾和
黄河壶口瀑布考察途中写就。该诗受到清华大学梁上上
教授、华中农业大学刘旭霞教授、东北师范大学陈丽君
教授的斧正。

白色礼赞

小时候　看见你
我选择退缩
害怕你手上透明的针管
与我的肌肤有什么牵连
尽管你有着"白衣天使"的头衔
虽然你带来了充满希望的明天

长大了　看见你
我选择注目
惊奇你胸前悬挂的听诊器
如何探知病魔成长的阶段
其实我已明白救死扶伤的内涵
与你肩背上义不容辞的重担

2003年　SARS病毒来了
我在异国祈祷　面朝家的方向
期望你那身雪白的防护服
能够光荣一个城市的光荣
我知道首都的安全才表明祖国的安全
而祖国的安全是漂泊的游子最大的执念

2020年　新冠肺炎来了
我是防疫的普通一员　宅家伏案
惊叹又是你那身洁白的戎装

拼命卫护着中原大地的平安
我突然想起你还有一张"白衣卫士"的名片
还有一张知难而上、向死而生的笑脸

中华民族啊　多灾多难
随着那一声打赢疫情防控阻击战的有力召唤
穿白色防护服的你们赶来了
穿绿色迷彩服的他们赶来了
四面八方满载爱心的车船驶向前线
一面面喻示着冲锋的红旗迎风招展

我的祖国啊　愈挫愈坚
千百年来那一次次亡国灭种的危难
不都书写了龙之传人的勇敢
无不见证着国家民族的向前
华夏已到了最接近复兴梦想的时间
古老的文明应该重铸它应有的灿烂

我的朋友　我的亲人啊
珍惜你们的付出　他们的血汗
为武汉加油　为火神山、雷神山加油
中国又到了需要众志成城的难关
唯有用守拙、爱心、智慧雕塑感恩、信念、时间
用实干、恒心、胆识书写感动、历史、空间

我的同胞　我的兄弟啊
置身疫情的中心　抗疫的最前沿
需要冷静、勇气　更需要开拓性思维前瞻性判断
需要信心、乐观　更需要创造性转化创新性发展
让我们携手同行、步调一致、共渡时艰
期盼抗疫胜利的那一天　我们依然年轻康健

我们祝愿　祝愿沃野千里的神州大地尽快跨越激流险滩

我们祝愿　祝愿天使般的白衣战士早日凯旋与家人团圆

我们祝愿　祝愿歌曲《我和我的祖国》愈加嘹亮响彻永远

2020.2.2

走过羊湖

碧绿的水
在深浅不一的咖啡色的层峦拥抱下
在白云的嬉戏和抚慰下
它把一尘不染的娇羞
坦诚奉献给太阳
以及那些审美的眼睛和心灵
让你禁不住走近它
用颤抖的双手感知它柔软肌肤的温度

走过羊湖

江南的最后一次爱情

在江南
雨季的阳光很大
我把心捧在手掌　让你鉴别
血是否真纯

你从我的背影里涌现　不经意地
占满我的视阈、我的思想
我终于明白　在一个酒后的傍晚
爱情与美丽的距离

当我把你捧在手掌
心终于和你的血脉融为一体了
你走近我
一如我把心交予你的手掌
任凭你的审视

如果它是血一样的颜色
那便是从生命的根处发芽
我想
你和我的心灵定会化为彩云

占满整个宇宙

2013.8.25

注：2013年8月25日，在浙江传媒学院参加完中国高等教育学会影视教育专业委员会年会之后移步横店参观。是日夜，我随西南大学虞吉教授、袁智忠教授，西南交通大学刘广宇教授等十余人于附近的生活广场喝夜啤酒。酒酣之时，智忠兄提议与我同题"斗诗"，并拟题《江南的最后一次爱情》。于是在众人的激励声中，智忠兄与我在服务员提供的订餐单上，匆匆草就，并当众自我朗诵，接受在座朋友们即兴的点评。回想起来，那种忘却一切烦恼的憨态、那股对人生不服输的倔劲儿，那般对生命倍加珍视的赤心真情，还仍让自己动容、动情、动心！当然，这应是年龄虽长然而内心依然年轻的缘故。

拉萨的天空

拉萨
一个神秘的名字
高寒、遥远、佛意、圣洁
既令人畏惧又令人向往
我害怕精神沉醉而身体却突然迷失了

奔向它
把所有间接的记忆
以飞翔的姿势肆意于蓝天以及簇拥它的云朵
站在布达拉宫高高的楼顶上
你能否看到我的想象、喜悦、怀疑
还有追问

在八角街上徜徉
我用碎步丈量朝圣者长头磕过的距离
在大昭寺前
他们用肢体和经文书写的坚韧、执着、神圣
让我的心灵脆弱得不敢直视
我只能记录肩膀上的天空
包括那些美丽而神秘的檐角、塔顶、华表、旗
帜和经幡

哦　我惊诧了
白云在信步写意

潇洒抒情、闲庭悠然
狂放泼墨、万马奔腾
那是动物的乐园、勇士的战场
白帆对大海的深情
游仙对天堂的迷恋
在古香古色挥洒禅意的建筑群落上
在佛教乐音和多种语言烘托的大背景里
自然留下高不可及的
奇美的素描、工笔和诗章

请不要来拉萨
请不要抬头看天
我担心
只是那么一瞬的仰望
你就会把回去的路迷失了
或者
迷失了
尘世为你描画的方向

2016.8.30
于西藏拉萨

坐在玛吉阿米旁边的门楼下

玛吉阿米
一座黄色的三层小楼
一家有咖啡美食酥油茶出售的酒吧
一个仓央嘉措约会情人的处所
幽静的夜晚的雪地上
那一行深浅不一的脚印
诉说着坚持、变革、生命与无奈

坐着　抬头　仰望
那傲然独立于环境的明黄色
在夕阳犀利的注视下
我渐成它的陪衬或背影
躲在阳光晒不到的角落
借那抹强烈的反光
我翻看心灵
一地鸡毛
那位叫屈子的先哲
为什么
他向世界告别的姿势
那么决绝

其实
我在期待
进入这座于我的心里不知该如何命名的所在

尽管它在八角街上
在神州大地
在这个数千年前并没有国界的忙忙碌碌的世界上
有着响当当的声名

坐上木椅
思考着面前木桌上我从未品尝过的
显然有年代感的饮食
想着它的前世今生
想着我的过去现在与未来
我是不是该有一种直面世事的断然
像它一样
好在每一个人生的路口
不那么踯躅

仓央嘉措写在冬天的渴望春天的诗
响在我的耳边眼前和心里
沐浴在浓浓的酥油茶和炒羊肉
佛教音乐和爱情诗歌完美融合的氛围里
我的思绪慢慢地
慢慢地飘向远方
远方　有时
也并非如海子说的
一无所有

2016.9.1
于西藏拉萨

走过羊湖

走过羊湖
有些夸张或矫饰
我只是坐在车上翻阅羊湖
和他们一起
偶尔下车
用眼或手机、相机
在空白的书页边
记下惊奇的发现

羊湖的美
是令人震撼的那种
让人怀疑那不是真的
不是天工的自然
而是人工的画作
或者否定自己的眼睛
或者再一次感叹
世间奇美常在于险远

碧绿的水
在深浅不一的咖啡色的层峦拥抱下
在白云的嬉戏和抚慰下
它把一尘不染的娇羞
坦诚奉献给太阳
以及那些审美的眼睛和心灵
让你禁不住走近它

用颤抖的双手感知它柔软肌肤的温度

此时
我想起泸沽湖　神秘的
摩梭族用来安放生命的圣湖
有着安静神奇虔诚的美
柔柔的水草
透明的银鱼
古朴的码头
窄窄的独木舟
还有那浸入碧水的浓得化不开的蓝天

之于经年守护它的藏民
之于我
像极了泸沽湖
羊湖安静神奇虔诚的美
也被那柔柔的水草
戏水的云朵
浓得化不开的蓝天
波澜不惊的涟漪
轻轻地揽在怀中了

我匆匆地挥手
没有带走一叶水草
只带走我的依恋和遗憾
也许
在返程的时候
我能够真正地拥抱它
诉说心中萦绕不去的思念

2016.9.1
于西藏山南地区浪卡子县

来到边关

边关
在遥远的远方
游走于温暖的巴蜀腹地
从未有过在将来某个时候
造访边关的心愿

从那个叫拉萨的城市出发
九个多小时的车程
在青藏高原上
皑皑的雪山　　旖旎的草甸
湛蓝的天空　　舒卷的白云
碧绿的湖水　　悠闲的牧群
并没有阻止我刚被唤醒的
造访边关的想象

经过一道道关口之后
那个叫边关的远方
不再遥远
进入世界第一高城亚东
我站在中印接壤的乃堆拉山口
一个周六的上午
边关的大门紧闭
我只能设想

边贸的繁荣和那些听不懂的语言

我们的哨所　他们的哨所
都建在高高的山头上
我们的哨兵　他们的哨兵
都站在高高的哨所里
我和那些来自远方的人们
禁不住伸出手
用纯正和不纯正的英语
向对面握住我们手的哨兵
传递友谊

边关
我想
应是交换、交往、交流的平台
我　你　他
我们　你们　他们
有着相同的祈愿
让战争走开
让和平永远

2016.9.3
于西藏日喀则地区亚东县

一个和尚和一只狗的故事

那只狗
蹲在那个小岛上
那座小庙的大门前
望着我走出庙门的一刹那
一脸的迷惘
双眼的期望
之前
它半卧在庙门前的山路旁
望着我们走来的方向

在我回头的时候
它也在回头
看我离去的身影
或者在听
那个年事已高的和尚
敲响的一声声孤独和感伤
也许　在听
我匆忙的足音
和被饥饿驱赶的匆忙

小岛
被清澈的湖水包围
小庙
被葱郁的草木环绕

小狗
被偶尔洒落的人声
钟声和香灰惊醒
敲击钟磬的和尚
偶尔会被自己的影子吓得一愣

风携着雾
掠过小庙的檐角
顺势拂过小狗的发际
雨最终没有下的意思
金身新塑的睡佛依然睡着
只有我
和我们搭乘的小船
在一片嬉闹声中
渐行
渐远

2017.11.16
于重庆长寿

法王寺的钟声

直到离开法王寺的时候
空灵悠扬的钟声并没响在我的耳畔
但它却在我灵魂深处
伴着大师清癯的身影
一路鸣响

那座破败的禅寺
远远地湮没于尘封的记忆
黎明的香火仅仅照亮了有限的黑暗
我，今之所见的
是从历史中醒来的精灵
丰富而鲜活

沿新砌的石级而上
用惊叹的目光扫过一洞洞风化斑驳的石门
我想抹去它们上面厚厚的尘灰
千年的银杏啊　以昂扬的姿态
以死而复活的精神
向无限高远的天空诉说高远和无限

很幸运，悬于大雄宝殿门内的牌匾
与金身闪亮的坐佛
还是原先的模样
偏殿供奉的天地君亲师的牌位

在仁、智、勇三个大字的映衬下
倔强地泻出人之为人的自然的辉光
那一座座让人观物观心的失去身体
或失去头脑的石像
回望着灾难
希望着希望

真想坐在二楼回廊的茶座上
品一品艺术之光的酸苦
和人性深处的善良
我害怕，车轮碾过的岁月
流逝的不仅仅是欲望
还有思想

2018.5.18
于四川泸州合江县

重庆夏夜的雨

雨
挥洒在夏夜
在重庆高低不平的肌肤里
流成一道友情的河
我好像在船上
看风起风停　雨住雨飞

那一天
你我和几个要好的朋友共饮
仿佛要饮尽江水和夜雨的浪漫
你我深情地相拥
我知道
你是我的兄弟

我们一路走过
有那么多兄弟挚友的见证
不管你的心情
还是我的情绪
友谊都时时刻刻地飘扬

徜徉在重庆北碚的街道
我时常想
那个光头喜欢喝酒的朋友
是否在享受

那个夏日
满目的雨意
满心的情愫

2018.7.6

注：2018年7月6日，在重庆参加由西南大学和北京电影学院
联合举办的第二届中国电影伦理学学术论坛前夜，集体正
式的欢迎宴会之后，我与西南大学袁智忠教授、西南交通
大学高力教授、中国传媒大学张宗伟教授、《艺术百家》
楚小庆副主编、陕西师范大学牛鸿英教授等诸君移步重庆
北碚文星湾桥头青岛啤酒城再聚。酒过八巡，甚而有人络
绎退场之后，"斗诗"旧事重提。高力教授命题《重庆夏
夜的雨》，我与智忠兄再一次提笔赋诗，再一次自我朗
诵，再一次听友人彼此皆好的点评，最终圆满达成了身为
影视剧作家的高力的话语套路。与前两次"斗诗"之后的
情景一样，兄弟友人禁不住频频举杯共饮，畅所欲言。稍
为特殊的一点是，饮酒谈论的同时，在巨型电扇的大力吹
拂下体味重庆不一般的闷热与潮湿，这情景确是我等不多
见的。

彭螺蛳

寻觅仙药的彭祖
在布满鲜花的山林中
歌吟
写过《彭祖传奇》的我
在彭螺蛳
重庆北碚的一个啤酒广场
夜饮
小河流过　酒香飘散
女子伫立此岸
想读懂彼岸的迷离

一群与电影共舞的人
喜欢传统　觥筹交错间
流溢友谊　心游万仞时
编织青春　一如行歌的彭祖
游戏的人游戏着游戏
沉醉在游戏中
品味真情
一如品酒的浓淡

孩提时的想象
在醉梦时分完满
彭祖踏歌而去　高昂着头
怀念他的人　没有挥手

离开彭螺蛳的时候
只是回望的姿态
将一桌子的欢笑
生动成一幅幅图
刻进个人历史的长卷里了

2020.11.7

注：2020年11月7日，应邀赴渝参加第四届（2020）中国电影
　　伦理学学术论坛。是日晚，与西南大学袁智忠教授、《艺
　　术百家》楚小庆副主编、中国传媒大学张宗伟教授、陕西
　　师范大学牛鸿英教授、西南交通大学高力教授等一起，在
　　北碚彭螺蛳啤酒广场聚餐。席间，小庆主编提议我与袁智
　　忠教授继续斗诗，于是便借着酒劲，匆匆写成。而后自我
　　朗诵，举杯共祝，任在座朋友们评点去了。

三溪口

一个地方
总有一个名字
或者一段韵味飘溢的想象
三溪口
秋水在心灵的沃土奔流
血脉殷红
通往心田的路　在何方

一切都发生在一个晚上
他们把写在脸上的欢笑与真诚
与酒放歌
伫立三路交会之地　仰望星空
想象英雄与枭雄的内涵
桃园结义的情愫
并没飘散

重庆北碚的郊区
很早之前
这个有些诗意有些历史的地方
来来往往的人们
时而驻足　时而沉思
豆腐鱼的香温暖了心灵和岁月
三五朋友　几杯泡酒
也有情浓语塞的氛围

忘不了
在那里流连的日子
兄弟以酒当水
把粗糙的情感揉碎在杯中
借酒发酵　沁人心脾
我总是怀想
那种三人行必有我师的情境
好像我在怀念故乡

据说
流过三溪口的河水
流向长江
流向大海
流向神州大地的每一个开口

2020.10.13

注：2020年10月13日，应邀赴渝担任西南大学新闻传媒学院
　　2018级硕士研究生开题答辩主席。抵达当晚，虞吉教
　　授、袁智忠教授等人约聚重庆北碚三溪口的豆腐鱼饭
　　庄。酒过三巡，虞吉教授又提议我与智忠斗诗。借着酒
　　劲，短短几分钟写成并自我朗诵，接受在座友人评说，
　　而后又快乐地谈天说地去了。

第四辑 光影三十年

戏剧　写实　现代与浪漫
如缪斯轻盈的手指
滑过胶片
世世代代
记忆与憧憬永不蜕变

光影三十年

第四辑

光影三十年

点　线　面
在黑屋子里
化成光影的
昨天　今天　明天

三十年
黑白与彩色
画格　镜头　段落　场面
主题　人物　风格　韵味
和着节奏
诗意的语言

声音　时间　空间
牵手越过
高山　大漠　江河　草原
摇过特写的飞燕
远景的船帆

《我们俩》
在《唐山大地震》中勇敢
在《坚强》中历练
《太阳照常升起》
《无人驾驶》的《风声》
《孔子》的《云水谣》

诵读第七艺术的新篇

戏剧　写实　现代与浪漫
如缪斯轻盈的手指
滑过胶片
世世代代
记忆与憧憬永不蜕变

2010.9.11

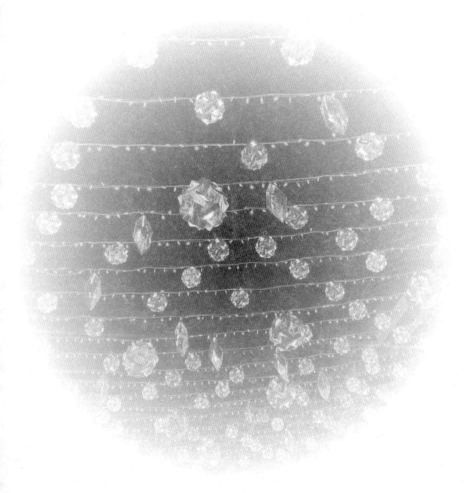

鹊桥上下

守望鹊桥　生生世世
把弥天的虔诚与情愫
挥洒成七彩的虹
在桥的这头
想象目之所及的那头
桥下是欲望泛滥的银河

喜鹊感动于同情和崇敬
我感动于真爱和永恒
在七夕之夜仰望
跳动的星光装点灿烂的仙境
渴望此景永驻
渴望飞逝的帆樯日近

握你的手　读你的眼
听心与心的沟通
鹊桥上下
空间逼仄　时间静默
唯余浅唱低吟的风
预告下一次的重逢
令我心伤
世间从无多余的离别

松开手

不是开启等待的旅程
就是松开一段剪不断理还乱的迷情
其实　一切都在
刹那之间
七夕太短
七夕太重

2017.8.28

我是一颗棋子

在紧要时冲锋
在关键处闪光
为别人的欢乐而欢乐
为自己的孤独而孤独

我是一颗棋子
我是一颗虚怀若谷的棋子
因为是一颗棋子
我懂得了成人之美
我领悟了和而不同
我参透了敬而远之

我习惯做一颗棋子
不与牡丹争艳
不与兔子赛跑
不迷恋于贪欲
不攀附于权势

我甘愿做一颗棋子
用微弱的光
点燃一小片黑暗
用有限的热情
温暖残缺的心灵

你、我、他的相遇
乃是前世的注定
我
甘愿
做一颗
有用的棋子

2017.9.12
于呼和浩特

北方将要下雪

雪下在北方
北方下雪是妇孺们
心弦上的一种花事
穿越北方
犹如穿越历史
瞬间的消逝就成为永恒

北方的雪地上
狼留下一串孤独的脚印
仰望泛白的月夜
星星躲在幕后
想看看
次日的雪原
谁第一个晾晒发霉的心情

怀念雪、雪地以及雪地上
槐树的倒影
抚摸干枯的树干和风的刃口
在刺痛心灵的同时
留下的只有静默
一种近乎死寂的静默

2017.10.27

注：2017年10月27日，在辽宁大学参加完中国高等教育学会影视教育专业委员会年会后，沈阳的夜晚已经有了一丝丝的寒意，北风也显然地大了起来。然而，几位好久不见的师长兄弟们出去小酌一杯的热情还是战胜了天气。于是，我便随西南大学虞吉教授、袁智忠教授，西南交通大学高力教授，《艺术百家》楚小庆副主编等出去小聚夜饮。席间，智忠兄提起横店"斗诗"旧事，高力、小庆等好友便鼓励再"斗"——其实，这就是为酒局助兴的文人游戏，自古有之的。自然，微醺之下，我与智忠兄便又一次找笔寻纸，以《北方将要下雪》为题，在其他几位同仁师友推杯换盏声中沉浸到所谓的同题诗歌的创作氛围里了。与之前相仿，而后免不了自我朗诵、友人点评，之后大家哈哈一笑，一次又一次举杯邀明月去了。

江　湖

人在江湖
听山那边刺耳的风声、蹄声与金石声
想象水天一色处如剑的帆影
我觉得　世界
不，江湖
很大

心有多复杂
情感有多深邃
江湖就有多江湖
你和我　站在桥的两端
看太阳升起太阳落下太阳照常升起
把一串儿女的情长看成满眼的风景
把几个人或一群人　看成江湖
心被再一次无限放大

江湖真的很大
行走江湖
背着厚重的行囊与托付
灯下看剑　流两行苦涩的清泪
将弥漫整个天际的爱
视作俗常
采一束野菊　悄悄地
放进灵魂的花篮

就算闯了一次江湖

闯荡江湖
江湖闯荡
请把剑放下　带上伞
在人的世界撑开人的世界
遮蔽臆测、谎言、背叛与阴霾
那个迷路光脚的孩子
拽着你的衣襟
仰望　迷惘

罢了
江湖也罢
不江湖也罢
我在这里　世界在那里
不近不远　无欲无求
大海的旁边　心灵的潮头
随处存一丝真纯
便会有一抹无限
也许就有了诗与远方

2018.10.27

注：2018年10月27日，在2018中国影视艺术高峰论坛暨中国
高等教育学会影视教育专业委员会年会礼成之夜，正餐之
后，我与西南大学袁智忠教授，西南交通大学高力教授、
刘广宇教授及一些博士、硕士研究生们，聚于重庆北碚文
星湾桥头彭螺蛳店夜啤酒，高力教授提议我与智忠教授再
次同题"斗诗"，并命题《江湖》。而后我与智忠兄遂又
一次在服务员提供的便签纸上信笔书写，草就之后当众诵
读，邀一众欢愉，洒友情泪雨。

印　象

记得　两岁那年
在爷爷怀里
你挥动的小手
是一面灿烂的旗帜
摇曳了满园的绿

走向远方的路
始终踯躅　没有尽头
事业的召唤
与亲情的守望之间
总有一段不长不短的距离

我选择前者
想着后者
一脑子滚乒乓球的游戏
我知道　那是因为
你在那里的缘故

血液
冲断文化与历史的高墙
把满眼的红　用幼小的心灵
绘成你手心上的画
多年以后　老花之时
我仍能看见高高的真纯

儿子
你是我生命的延续
因此　生命的意义
价值与担当
那么弥天而伟大

2019.3.3

河边游荡的心灵

我在河边看风景
看风景的人在船上看我
她没看到我的忧郁
我看到了她的哀怨

距离时近时远
欢愉时短时长
唯一不变的
是破碎的情感
颤抖的双手
与飞蛾投火的决绝

走向那飘飞的彩虹
零落如泥
是时光抖落的尘灰吗
不
是欲望遮蔽了心灵
满目的精彩
绽放诡谲的诱惑

远离那迷离的岸
远离我的远离
让我的心灵　我的情感
走向岩石和大海

走向传统与经典

永远地
拥抱太阳
如一只振动翅膀的蜻蜓
伫立于一根高高的苇蒿上
随风歌唱

2020.1.10
于曼谷湄南河边

乡 村

乡村离我的距离
有时远　有时近
十八年后
飘向城市　散落的种子
植根于西南一隅
很多人的身边
以属于我的坚韧和乐观

走向城市
也是走近乡村
那一抹洁白的赤诚啊
用李白的咏唱
咏唱
用王维的真纯
真纯

我一次次积聚发自心底的情感
拥抱盆地、平原
长江、山城
那偶尔升起的太阳
温暖潮湿的语境里
我常常想
写一首诗
礼赞血脉相连的你我

与酒后持久升高的温度

大地广袤
月亮孤悬空中
冷冷的辉光里
我又做了归乡的梦

2020.1.15

注：2020年1月15日，西南大学桂圆餐厅，作为答辩主席，
应邀赴西南大学新闻传媒学院参加该院博士开题答辩。
答谢宴上，与虞吉教授、袁智忠教授、董小玉教授、范
蔚教授、韩敏教授及参加开题答辩会的博士生们聚餐。
席间，韩敏教授命题《乡村》，我与袁智忠教授奉命斗
诗，三分钟草就，然后自我朗诵，并貌似无辜地听取在
座诸君的一句话点评了事。

寻　梅

寻找　寻觅　追寻
一种让人难忘的情愫
寻找冬天
那一朵孤寂的梅花
美丽与傲骨
需用我的一生读解

在初春回望残冬
雪花飘飞午后
阳光煦暖
风舞飘带
梅散落它的精灵
一群放飞自我的孩子
在原野上
寻觅天使般灿烂的风景

槐树刺向太阳
我跪伏雪夜　泪流满面
追寻落花
之于大地的意义
洁白的世界里
黑暗躲在黑暗身后
彩云有时飘过
只有梅的香味和温度

温暖我心

我顿悟
偌大的俗世
终极的价值
还有人
之所以为人的根本

2020.1.15

注：2020年1月15日，西南大学桂圆餐厅，西南大学新闻传媒
学院博士开题答谢宴上，与西南大学虞吉教授、袁智忠教
授、董小玉教授、范蔚教授、韩敏教授及参加开题答辩的
博士生们聚餐。我和袁智忠教授按韩敏教授所命诗题《乡
村》斗过一轮后，虞吉教授再命题《寻梅》，我与袁智忠
教授再一次"被迫"二斗，又是三分钟，写完后依旧自我
朗诵，仍然要聆听每人一句话的点评。大家举杯共祝后，
我便在欢快的氛围中匆匆赶火车回蓉去了。

仰望或者低头

我常常望天　叹天之遥远
太空旷了　太深邃了
——极目难以尽览
看不是　不看也不是
言不得　不言也不得
舍不得　不舍也不得
恨不得　不恨也不得
量子纠缠着的
无垠的苍穹中
为何有那么多的二律背反

曾几何时　习惯了看大地
太密实了　太喧嚣了
需静心安坐聆听大师絮语
方得片刻安宁
想不得　不想也不得
写不得　不写也不得
忘不得　不忘也不得
爱不得　不爱也不得
这次第　怎一个"愁"字了得

仰望还是低头
俯仰之间　须臾之间
一切皆有定数

时光已逝

云卷云舒　心之所往

人事已非

善恶正误　谁与言说

风雨已过

患难真情　得见彩虹

潮水已退

烦恼梦想　面朝大海

夫子曰：逝者如斯夫

不舍昼夜

2020.3.13

杯中的最后一滴酒

把迷离醉眼
置放在友谊恣肆的团聚中
你们灿烂的心情
仿佛如花的笑容
那杯中的最后一滴酒
闪烁着迷人的光芒
透过晶莹的玻璃杯壁
那是我兄弟眼中
最后一滴永远流不干的泪水

杯中的最后一滴酒

江边的夏夜

那个夏夜并不闷热
从江边传来的号声　与风做伴
透过生命的那一抹亮色
要把夏夜的江边与江边的夏夜
混为一谈

从岸上进入河心
那年的船上　我的兄弟
你　我　他
把情感系住浪花
任它激昂
我觉得
生命如花般灿烂

我从没有从山城归来
那平原的诱惑
终究抵不过山之斑斓
你们在那里
那里就有迎风招展的旗帜
从过去到现在

走在不那么闷热的夏夜
顺阶梯的坡度
我还是滑进情感的渊薮

看见天空、树木、山脚、凉亭
以及那些在等待的孩子们
我知道　血液一如既往地
奔流
夫子曰
逝者如斯夫

不愿归去
一如你们不愿归来
在共同的月光下
那个叫感情的东西
直击我们的灵魂
冲上云霄
向上鸣响

2019.6.5

注：2019年6月5日，我受邀担任西南大学2017级硕士研究生
　　开题答辩会主席。是日晚谢师宴，我与西南大学虞吉教
　　授、袁智忠教授及他们两位的研究生们齐聚重庆北碚骑龙
　　火锅。席间，智忠兄"斗诗"兴趣不减，虞吉教授遂出题
　　《江边的夏夜》，而后我便与智忠兄同题赋诗，抚今追
　　昔，几分钟一挥而就，并当场自我诵读，为当日的聚会添
　　了不少文气和乐趣。

杯中的最后一滴酒

把迷离醉眼
置放在友谊恣肆的团聚中
你们灿烂的心情
仿佛如花的笑容
那杯中的最后一滴酒
闪烁着迷人的光芒
透过晶莹的玻璃杯壁
那是我兄弟眼中
最后一滴永远流不干的泪水

桃花潭水深千尺
在送别的夏夜
远处传来隐隐的雷声
我不知道
那浓郁的情感
或者那即将拂面的夜雨
随那孩子般天真的心灵
到底会流到
哪一个杨柳岸晓风残月

走进山城
高高低低闪光的窗
如杯中那滴最后的酒
闪烁着迷人的光芒

我知道
你坐在那里斜躺竹椅
望向远方
并非一无所有的远方
是否也有诗意
也如那滴杯中最后的酒
在被泪水打湿的画布上
氤氲出浓淡相宜的荷花
不曾凋谢

行走在熙攘的人群中
情感裹挟泪水
把杯中那滴闪烁着光芒的酒
揉碎于岁月中
我顿悟
在生活与生存的每一个时刻
每一次离别每一回重逢
每一个放大的毛孔中
都有酒、泪水和诗
都有永远不该忘怀的情愫

书已打开
剑已出鞘
我想问
这就是应该高扬的诗性正义吗

2019.6.29

注：在第三届（2019）中国电影伦理学学术论坛之后，我随
西南大学袁智忠教授和虞吉教授、中国艺术研究院贾磊磊
研究员、上海大学陈犀禾教授、中国传媒大学史博公教
授、华中师范大学彭涛教授、海南师范大学易连云教授、
三峡大学吴卫华教授等聚于重庆北碚桂圆宾馆对面的骑龙
火锅店。酒酣，智忠兄念起与我多次"斗诗"往事，提议

再斗，我遂命题《杯中最后的一滴酒》。待形成共识后，我们遂又一次在服务员提供的便签纸上挥笔涂抹，短短几分钟，草就此作。可惜由于多种原因，没能当场诵读。但智忠兄与我约定，有机会继续斗，可谓"斗诗缘不尽，友情挂高楼；酒好人不醉，温暖埋心头"。

海上明月

陆上行车
海上行船
看日出日落　月圆月缺
八月十六的晚上
仰望八月十五的月亮
你和他　你们和他们
能否品出杯中的酒或水的温度

你坐在我的目光中
盈满视阈
迷离的醉眼　远方的远方
有海的凉意与拥抱大海的勇气
我抬起手
扪心自问
何谓生命与生存

沉沉醉梦中
又是初见的一刻
翻阅文字遮蔽的善良与真纯
漂泊在俗世之海
看风与浪亲吻的朴素
这一汪情感的渊薮啊
到底吞没了多少青春的眼泪

月亮在沉入海底之前

一直挂在我的心头

躲在月亮背后的星星

用微弱的光

把独钓秋水的人

雕刻成时光的背影

时间的节奏

很快会使水坚硬成冰

春天当然不远了

友情、亲情与学术的春天

可能会来得更早

2019.9.16

注：2019年9月16日，上海大宁国际广场熬八年台湾火锅店，中国高教学会影视教育委员会年会（上海大学）期间，在红星电影院看完北京师范大学张同道教授执导的纪录片《零零后》之后，上海青年作家柯云请我们小聚。西南大学虞吉教授、袁智忠教授及我已毕业多年的两个研究生（也在大学任教）、袁智忠的三个研究生赴会，我在上海工作的哥哥、两个外甥亦有幸到场。虞吉教授命题《海上明月》，让我与袁智忠教授斗诗。我们只好提笔寻纸，信笔涂抹，一挥而就，而后便自我朗诵，任人评说，一助酒兴了。

春暖花开

我想走进那间屋子
与你相约
不
与你们相约
我想知道
冬日里的那一抹春色
在以什么样的姿态飞扬

赴这场约会
我捧花而行　灿烂的
由衷的
想象春天里
满眼的荷花与秀发
太阳自信放歌
海浪纵情舞蹈
水天一色处
心灵的光
闪耀于那高高的帆影

朋友
选一个只有朋友的日子
放飞心情和欲望
把人生的哲学系上风筝
让它　温柔的

将仰望的目光
洒向那一片热情的沙滩

有人吹响了海螺
棕榈树与风共舞
白帆依稀
那立于船头的捧花少年
是否在眺望
海边
深情款款的姑娘

我渴望有一所房子
和这暖暖的屋子一样　　飘扬
不羁的情感和心灵
其实　　风雨之后
彩虹总是那般娇嫩的美丽

路通向大海
花植入大地
你我徘徊于目光的边缘
灯火阑珊处四望
海阔天空
春暖花开

2019.11.18

注：2019年11月18日，成都川西坝子净悟真私宅，适值我的
　　2016级研究生徐婉露毕业，我与西南大学袁智忠教授、来自
　　山东潍坊的老朋友王西军、成都理工大学曹新伟副教授、四
　　川大学杨怡静副教授及我的研究生余昭新、杨继芳、杜凡等
　　聚此吃烤全羊。席间，与袁智忠教授再一次斗诗，而后自我
　　朗诵，众人评点，大家举杯共祝，笑成一片。

灯笼下的夜宴

黑色的眸子
努力洞穿冬季的黑暗
你我相拥的瞬间
两行高悬的大红灯笼
温暖心灵

那是你刻意点燃的
人性的弧光
奔赴山城
渴望夏日的雨夜　大海的凉爽
你燃亮冬日傍晚的烛火
担心光的边缘
没有想象的辽远

灿烂的笑声
飘出灿烂的笑脸
在飞花碎玉的浪尖舞蹈
素朴的灵魂
在煦暖的阳光下晾晒
想破除未来上空的阴霾与迷惘

点燃火锅
点燃热情
一盏盏灯笼

点燃含泪的目光
打湿了一扇扇窗户外面的世界

疲惫的飞鸟掠过
飞向你
飞向那红彤彤的光
我的执念　像那灯笼
渴望友情
永远的灿烂

2019.11.22

注：2019年11月22日，赴重庆参加西南大学新闻传媒学院与文
　　学院联合举办的"媒介融合：理念、路径与科学发展"电视
　　论坛，借道重庆北碚骑龙火锅，与西南大学新闻传媒学院袁
　　智忠教授及其研究生小聚。夜宴酒酣，寻纸提笔，自我斗
　　诗，匆就，而后朗诵一下，呵呵一笑，举杯共祝去了。

雅 聚

看一幅画
不像山水的山水
握手的瞬间
你看我的目光
让我看向深远的蓝

十余年来
我习惯远眺山城的月亮
湿冷的季节
你、我、他的相聚
绝不是因为火锅的温度

在烧热的铜锅边落座
我把刹那燃烧的情绪
酿成一杯酒
一饮而尽的
还有精彩的生命瞬间
孕育的真情

我们可以把世界看小
缙云山与峨眉山上
只有一轮圆月
今夜有雨
宅家的嫦娥

仍然芳香扑鼻的美丽

2019.11.24

注：2019年11月24日，重庆缙云山上铜瑞鸡火锅店，"媒介融合：理念、路径与科学发展"电视论坛之后，与北京师范大学张智华教授，西南大学虞吉教授、袁智忠教授、蒋晓燕副教授，中国传媒大学钟大年教授，四川大学欧阳宏生教授，辽宁大学庚钟银教授等相聚于此。我与袁智忠教授又在友人的鼓动下，开始斗诗，而后各自朗读，大家投票后举杯共祝。

火 锅

火在燃烧
友谊在铜锅中沸腾
你和我在缙云山上歌唱
满眼的绿色
火通红一片　脸绯红一片
四周的山林　云雾一片
云卷云舒
寒气慢慢消散

你提着行李　带着酒香
要回远方
步履　犹疑滞缓
飞机会准时起飞吗
你希望晚点
因为情感的诱惑

火锅煮沸真情
孤雁北移
一群热爱影视的人
借酒杯中的晶莹
品雾色的浓淡
华山的那一次论剑
到底谁是英雄

独坐幽暗处

你尽览天地

莫名的混沌和沧桑

缙云山原本是海

人的心真大

装得下山城

装得下道义

装得下世界

2019.11.24

注：2019年11月24日，"媒介融合：理念、路径与科学发展"
电视论坛之后，重庆缙云山上铜瑞鸡火锅店，与北京师范
大学张智华教授，西北大学张阿利教授，西南大学虞吉教
授、袁智忠教授、蒋晓燕副教授，中国传媒大学钟大年教
授，四川大学欧阳宏生教授，辽宁大学庚钟银教授等餐
聚。因诗兴大发，也因友人鼓动，我与袁智忠教授第二轮
斗诗，依然是匆匆写就，自我朗读，大家投票，一一评
说，最后举杯欢笑，一片祥和的氛围。

天　甜

天依然高远
我的心弦
弹起你眼中的高远
真不知道
它蕴积了多少美丽与智慧

与师友欢聚
安坐一隅
只想把疲惫已久的情绪
揉碎在铜锅里
煮成千古绝唱　清香的
一瓣荷花

想走向大山
放飞真我
风筝　能否飞越高远
雷声　可否响在天边又响在心田
目光的尽头　你的背影
一种神秘的韵味
明日里　山上的天空
应是阳光灿烂

拿起笔　忐忑地
把握文字

把握时间

还是把握情感

我坚信　你的深邃

如月夜荷塘里的莲

可远观

不可亵玩

2019.11.24

注：2019年11月24日，重庆缙云山上铜瑞鸡火锅店，"媒介融合：理念、路径与科学发展"电视论坛之后，与北京师范大学张智华教授，西南大学虞吉教授、袁智忠教授、蒋晓燕副教授，中国传媒大学钟大年教授，四川大学欧阳宏生教授，辽宁大学庚钟银教授等聚餐。在朋友的鼓动之下，我与袁智忠教授第三轮斗诗，出题者竟要求以年轻的美女副教授汤天甜的名字为题（简直是出难题）。硬着头皮匆就，各自朗诵后，吃到很晚的晚餐便在欢声笑语中散去了。

在北碚梦见西施

北碚
是一个经常让人做梦的地方
其实　西施之后
东施直率而可爱
有时
摹本比真本
更让人沉醉

去它的街头走一走
或者
呆坐肖家院子的一隅
我惊叹　款款走过的
那么多的美丽

走向山城的后花园
沿着一个方向
友谊随酒香放飞　热烈的
没有星星的夜空
月满且盈
笼着朦胧的真纯与虔诚

走出巷子延展的街道
你轻挥右手
我迷离看见历史深处

西施或东施娇美的面容　刹那间
酒醒了
我醉了
醉了又醒了

2020.11.8

注：2020年11月8日，应邀赴渝参加第四届（2020）中国电影
伦理学学术论坛。当日晚，与西南大学虞吉教授、袁智忠
教授，《艺术百家》楚小庆副主编，中国传媒大学张宗伟
教授，重庆大学杨尚鸿教授，西南交通大学高力教授等一
起，于肖家院子火锅店餐聚。酒过三巡，虞吉教授依惯例
提议我与袁智忠教授斗诗，借着酒劲，几分钟草就。而后
自我朗诵，再一次接受在座诸君的评点。

重 逢

三十二年后的一天
你我捧出少年的模样
和着任性的青春
努力想象太阳
还有孩提时的花事与文字
我心依旧
活在那个精神张扬的年代

真的
年轻过后仍是年轻
上帝说：年轻与年龄无关
尽管沉浸于想象的世界
对着满眼的绿色　一脸的稚嫩
不能自拔
你的笑容　他的口音
如故乡酒肆的旗旛
整整飘扬了半个世纪
你身边的玫瑰　盛开如初
我常常想
为什么没有对你
那么早
流露出春天里浓郁的思念

不管是在世界的某一隅

我总把你的方向望成家的方向
一众的家人
把美丽小心地洒满多情的淮北大地
应该是倔强、骄傲的刺槐
高中校门前弯弯的护城河
提醒我
温暖　温馨
温存我酒后狭窄的思绪
虽然我总是潜在群里
细品你酒后的赤心和痴狂

我坚信
我们常在同一片蓝天下
仰望同一轮圆月
星星总嫉妒地躲在幕后
看十八年的岁月里
我的生命　你的生活
那一抹永远抹不去的
家的色彩
那一碗浓得化不开的
乡的味道

2021.3.21

注：2021年3月21日，蒙城县庄子国际大酒店308包间"知足厅"，因回乡省亲，我与蒙城一中88届部分老同学（管银华、张颖、陈登峰、杨玲、任明纪、于胜学、张国栋、杜永安、葛红杰、张亚、董颖、侯素兰、刘克侠、花丽）小聚于此。同学们从十七八岁的青春少年，一晃均年过半百。尽管纯真、赤诚、风采依旧，然而岁月不经意地磨洗，亦让人生出诸多回忆、感慨。酒后微醺，辗转难眠，初写诗稿；次日清晨，修改，写就。

不堪回首的北碚

我来了
坐火车来的
一个小时的路程
很长
高飞的风筝
还牵挂着山那边的
家的情怀

仿佛血脉
融在情感之海
不堪回首的日子
酒被喝成水
喝出了一种怀念

去山城的海边走一走
去成都的巷子走一走
去朝天门的码头
远眺
来来往往的飞舟
满载心事
与飞花碎玉的浪
倾诉

走向北碚的一隅
是三溪口的豆腐鱼

还是城南新区的美蛙鱼头
或者桂园附近的
骑龙火锅、肖家铺子火锅
抑或傍晚后　文星湾桥头
彭螺蛳的夜宵

只要在北碚
即使缙云山上的铜瑞鸡火锅
也有好多杯的酒
给你洗尘世的疲劳
喧嚣与烦恼
让你诉别后的无奈
友情与欢笑

怀念在北碚的时光
一如怀念故乡
那些渐渐远去的故事
那些沉入记忆的情节
那些不忍卒视的瞬间
那些沁人心脾的温馨

走在连接你我的路上
引吭高歌
看苍茫的天空
彩虹飞升　雁阵掠过
低下头
北碚
依旧还是
那个不堪回首的北碚

2021.6.19

注：2021年6月19日，我受邀担任西南大学2019级硕士研究生开

题答辩会主席。是日晚谢师宴，我与西南大学虞吉教授、袁智忠教授及参加开题的研究生们齐聚重庆北碚肖家铺子火锅。席间，虞吉教授出题《不堪回首的北碚》，让我与智忠兄"斗诗"。而后，我们二人乘着酒兴，抚今追昔，几分钟草就，并当场自我诵读。因回蓉火车发车时间迫近，我便挥手告别，慢慢迷醉在依依不舍的情愫中了。

津香阁

你不只是一个地方
也不仅是一家餐厅的名字
流连于此
你、我、他
几度重逢的缘
在酒香四溢的氛围里
凝固

这是前世注定的
我们的相识、相知
得益于真性情
你的真诚
他的真诚
我的真诚
如江津的白酒
粮食充分发酵

躲进小楼成一统吧
把酒登高
呼吸天之灵气
阳光斜射
彩云飘飘
有云雀飞过
显然是晚晴了

仰望苍穹
星星欢聚的时刻
没有月亮
风带来雨的消息
往往
令人惊艳的彩虹
飞扬在天霁后
纯洁的空气里

津香阁依旧飘香
裹挟醉人的记忆
酒令还是乱劈柴
酒过八巡后还要"斗诗"
一次次倒满酒杯的
还有重逢的喜悦
伤离别的情

仲夏之夜
在阁楼的包间里
回想时间、地点、人物
生活的某些瞬间
仍然令人陶醉的灿烂

2021.6.26

注：2021年6月26日晚，重庆北碚津香阁美蛙鱼头餐厅，我与西南大学虞吉教授、袁智忠教授，西南交通大学高力教授因事小聚。席间，虞吉教授出题《津香阁》。我与智忠兄随后便再次上演所谓"斗诗"戏码，匆匆几分钟草就，并当场自我诵读，认真地完成一件佐酒乐事。

第六辑

致曾经的美丽

美丽的云
与美丽的梅一样
只属于冬季
冬日暖阳　挥洒妩媚的诱惑
踏雪访梅　往往在在午后

第六辑

致曾经的美丽

爱一个叫宝贝的宝贝

宝贝的名字叫宝贝
灿烂的星河里
闪着耀眼的光芒与生机
娇羞的嫦娥
悄悄戴上了面纱
隐去了神秘的往昔

行走于俗世
我习惯了仰望
高高的云端　一眨眼
心跳的节律与情感的热度
把相隔久远的梦
在同一时间共振

四十年来
世事如风　沧海桑田
一个秋天
你问我前世的缘
啊　我一生的等待
就是为了一次相见
以及此后
年年岁岁的促膝长谈

爱一个叫宝贝的宝贝

你献出真爱
我献出真诚
背靠大地
保持仰望的姿势
最美最亮的
灿烂星河里的你
是否愿意
引领我一生的方向

2016.3.15

昨晚，我再一次遇见上帝

昨晚
当你把心灵
用温润之手捧到我面前的时候
天籁之音在耳际和心底响起
那是上帝的馈赠

二十多年来
我以岁月的甘霖去浇灌
残缺的美丽
我与天使
一定会在某一个日子
不期而遇

感谢你啊
在天使降临的时刻
唇的燃烧
心的升华
魂的安宁
我悟到了生命如何灿烂的理由

上帝有时会嫉妒
会给幸福的恋人开个玩笑
看他们能否在风浪中
到达绿茵匝地的彼岸

以胜利者的姿态

上帝说
爱的年度只有一个春天
天使顿悟
我顿悟
一切顿悟

2016.6.7

想象一个远方的人

我不得不想象一个远方的人
饭店的喧哗、汽车的轰鸣、机场的喧闹
都无法阻止我的想象
一如无法在我活着时
阻止我体内血液的奔流

我想象你的面容
你的身形
你眉宇间微蹙的娇羞
我突然明白
你不在我的视域和思域之内
而是和我的灵魂融为一体了

我轻抚我的右手
却感到你左手的温柔与温度
我抿一下我的嘴唇
却感到你唇边的湿润与香甜
我闭上我的眼睛
却看到你双瞳的甜美和爱意

我真的
真的不能阻止我的想象
我不想听到登机的广播
我害怕手机被迫关机

我担心
手指轻轻地一动
你留在我手心上的香味
就永远地滑落了

2016.6.11

等 你

等待是一件无趣的事情
但等你
却等得满心温暖　心跳加速
好像从没进过城的男孩
满怀美好的想象

在她经过我的面前时
我温柔的目光
总会瞥向她的方向
我怕心的沉醉
没有被你的到来
第一时间叫醒

手机上时间的奔跑
把我的喜悦
一而再地拔高
读秒成为工作
我知道
每一秒的逝去
都让我近了你很多

等待有时很幸福

等你的笑靥
等你的真心
安心而温暖

2016.7.19

等待三年后花开的季节

我轻轻的
害怕有一点点儿的伤害
双手掬起　轻轻的
把情感的种子植入新春的原野
我收回所有的目光
聚焦于那唯一的梦想
渴望你在约定的清晨
早一点儿发芽　破土

你会是一株被爱包裹的幼苗
健康的　迫不及待地
拥抱太阳
呼吸整个原野自由的空气
你把拔节的声音
融入春的旋律
把美丽的心事　悄悄地
不让煦暖的海风带走

我用心灵的色彩和满含泪水的目光
远远地注视你的成长　深情地
一如呵护我的良心和爱情
距离不会停止我的脚步
台风不能终止我的思想
肩头浓重的阴霾

定会在你翻开书页的瞬间
随风飘远

渴望三年后花开的季节
成熟的果子染红整个秋季
以及此后永恒的岁月
我知道等待是一种修行
我知道等待也是一种爱
我知道梦中的　等待
快乐的拥抱
终将快乐我的你的我们的一生

2018.3.16

仰望星空

在近而遥远的地方
我用泣血之心和迷蒙泪眼
仰望星星和星星的心情
你的美丽、率真和迷离
高处不胜寒啊
你我之间
仿佛隔着多少万光年
可我分明感受到你的温度
你微弱的光
对我温柔地抚慰

我的四周
没有青草和鲜花
没有大海和沙滩
只有荒漠
或者不可探知的原野
支持我站在那里的唯一理由
是渴望有一天你的降临
是你与我奔向热带的期许

为什么
为什么我的眼中满含泪水
我叩问星星身后的苍穹
一片死寂的黑暗

把标明我还活着的奔流的鲜血
一点点儿吞噬、湮没
我看着灾难发生
我的任性
让我一时不知如何阻止

我想
我可能变成石头
但我一定保持仰望的姿势
保持注视你的神情
因为我怕
稍一扭头
或稍不留神
你便从我的睫毛上滑落了

2018.4.2

你坐在我的目光中

我禁不住抬起头
你坐在我的目光中
我想看看你那双美丽的大眼
到底装了多少爱意
或者装了多少泪水

你坐在我目光的边缘
我不敢把视域的景深有一点点儿拉远
我怕在我的面前
把你丢失
或者我只是想
把你从近景看成特写

我想看看你的眼角是否有辛劳的痕迹
我想看看你的唇边是否有隐忍的误区
我想看看你的发际是否有一丝的委屈
我想看看你的心灵是否有宽容的阴影
我想用我温暖的目光
把它们一一抹去
抚平

你坐在我的目光中
我感到前所未有的安宁
仿佛心灵找到了栖息地

仿佛整个世界都是我的
仿佛我活着就是为了你

我不敢移动我的目光
我不愿移动我的目光
我怕稍不留神
你已起身
走远

2018.5.11

问　候

我亲爱的人啊
此时此刻
酒醒何处
杨柳岸
晓风残月　你说
传说只是传说

那些年　那些事
一个又一个似曾相识的黄昏
我们相约
一次次甜蜜的问候
拨动心弦

我亲爱的人啊
当手贴近胸口
你是否感到
我心跳的声音
我呼吸的节奏
一切的一切
你是否还记得

徘徊于记忆的边缘
我不想　也不愿
它们走远

岁月往返的距离
只是短短的一瞬

望向天的尽头
目光的深邃湮没情感的深度
洗却铅华
想问一问
那个雕刻生活同时被生活雕刻的你
还在那棵古老的菩提树下
等我吗

2020.1.15

致曾经的美丽

美丽的云
与美丽的梅一样
只属于冬季
冬日暖阳　挥洒妩媚的诱惑
踏雪访梅　往往在午后

花事年年有
彩云日日飞
向阳开放
花仍有不为人知的秘密
想象春天
想象春天里昂扬的树
或者森林
或者茂盛的草原

林中杂树
原上的野芦苇
忙着遮蔽寻觅的目光
一个懵懂的孩子
心很大
梦很远
远方不仅有诗

诗意的存在
诗意的生活
比诗意的远方更有诗意

野花怒放　杂树招摇
与云相遇　与花相约
去年的去年
前年的前年
那些成为历史的岁月
依然永恒

不　不　不
在她们面前
在他们面前
我要把你忘记
今日的云已远去
此季的梅已凋零
太阳已沉入大海
仰望苍穹　无尽的黑暗
没有月亮　没有星星
没有光明

我知道
雁阵已远　冷风已近
暴雨将至
我已成为过去
成为过去的过去
成为过去的过去的过去

走出谷底
神旨响彻于《神曲》
但丁说
需要浴火重生的勇气
需要把丽云和寒梅
揣入心底的信念
直到永远

2020.1.18

我要去远方

我要去远方
远方有诗吗
放歌心田和原野
夜幕总是一如既往地
准时降临

你要送我去远方吗
出发的地方
有温暖的手吗
温暖如你芳香的鼻息
走过四季
我看到的还是那一弯新月

你可知道　那个上午
我约会幸福　幸福的人们
一直相拥　拥抱明天
从那时起
从没改变

亲爱的　可爱的
心爱的　真爱的
前路虽然黯淡
但是
有我的胆识　你的善良

即使雨季来临

远方

毕竟还有诗

还有梦

2020.10.23

送　别

——写于四川大学2018级影视及相关专业硕士研究生
毕业答辩谢师宴后

一场旷世的灾难后
我们相聚
庆幸活着　庆祝未来
未来已来
过往未往

漂泊在时间的河里
我们都呼唤一个名字
它高扬的旗帜
传承了一百年
从老师的老师
老师的老师的老师那里
传起

你终将踏歌远行
晶莹的酒杯倒满真诚
在你灿烂的笑容里
我看到了我的青春
在我青春的眸子里
你看到了我的老师

让我们弹冠相庆吧

蓄积久了的情感
已像纸鸢一样放飞
旖旎的晴空　你想象远方
写诗的我
站在原处
以仰望的姿态

你我之间
即如三年前你的到来
说远不远
说近不近
在心灵的时空里
距离有时不是距离

分别　告别　送别
选择一种向度
与昨天再见
感谢　感念　感恩
选择一种姿态
与明天重逢

一如我
一如我的老师
一如我的老师的老师
无论走到哪里
都牢记一个名字
一如你
一如你的师姐
一如你的师姐的师姐

2021.5.21

青春的年龄

——写给已毕业我的研究生们

我们渴望青春
在瘟疫横行的年代
尽管它可能早已远去
徒留你、我、他
以感伤的模样
引吭高歌

青春仍然是青春
虽有年龄
但时间的天平上
善良　谦虚
反省　宽容
永远是沉重的砝码

怀想过去
以青春为证
放飞心灵
以青春为线
书写人生
以青春为笔

向昨天挥手
为了今天或明天的相拥

青春作伴
我们都在重逢的路上
璀璨的星河里
总有青春的光芒

因为你的眸子中
因为他的脑海里
都有我的青春
因为你们的欢乐
因为他们的欢乐
也是我们的欢乐

愿年龄只是一种向度
愿青春只有一个名字
愿青春的世界里
青春永驻

2021.6.1

　　《打捞时光的诗意》是我2007年出版第二本诗集《行吟韩国》后的又一本诗集。我的第一本诗集《乡土与人生的恋歌》出版于1998年。一、二本诗集之间相隔9年，二、三本诗集之间相隔13年。看得出，我作为诗人的写作行为，已变得滞缓；或者说，写诗已成为我作为教授身份及其所必然关联的学术研究的伴随者了。

　　诚如是，211、985、双一流大学的概念叠加，我所在的大学对它的教师群体已经提出愈来愈高的时代要求；而我所在的教学科研部门作为学校人文社科类唯一的研究性学院，自然也提出了与其自身地位相匹配的高要求。尽管我所从事的艺术学学科（戏剧与影视学、艺术学理论、文艺与传媒）——学院三大一级学科（中国语言文学、新闻与传播学、艺术学）之一——还较为年轻，但我仍能感到教学科研的压力。当然，这也是我这个老教授（2010年晋升教授，迄今已逾十年），或者"川三甲"（本科与硕士、博士均在四川大学就读），应该负有的义务与责任。也因如此，我倍感身上的使命与担当——毕竟是四川大学文学与新闻学院的前世今生及其间一大批优秀的前辈学人（如我的硕士导师朱玛教授，我的博士导师曹顺庆教授，及本科、研究生阶段给我上过课的赵振铎教授、唐正序教授、龚翰熊教授、冯宪光教授、王世德教授、李保均教授、李益荪教授、陈厚诚教授、伍厚恺教授、严廷德教授、李朝正教授、邱佩篁教授、毛建华教授、钟德慧教授、周裕锴教授、刘亚丁教授、毛迅教授、谢谦教授、赵毅衡教授、李怡教授、吴兴明教授等）所一直呵护、培养的后学，我应该为我的母校，为我所在的院系尽绵薄之力，虽那可能是极为微不足道的。

然而，写诗毕竟与我的生命融为一体了；它早已流淌在我的血脉中。因为这样，我才在近些年多次参加影视高层论坛或其他教学科研会议之余，屡屡与西南大学新闻传媒学院的袁智忠教授（也是一位诗人）"斗诗"（在规定时间内进行同题诗歌写作比赛）了。算起来，迄今竟有18次之多，几乎占收入本书的诗作的三分之一。《打捞时光的诗意》收录2008年至2021年间我断断续续写就的诗歌作品66首，除两首序诗外，分六辑（《感恩》《劳动者的雕塑》《走过羊湖》《光影三十年》《杯中的最后一滴酒》《致曾经的美丽》）予以呈现——其中不少诗作已发表在多家文艺期刊上。在某种意义上，它们是我对国家、民族、自然、故乡、生活、友情、爱情等值得赞颂、值得记忆、值得感恩的物事由衷的赞美。鉴于各种情境，也因所历年月有差，有些诗作往往没有顾及语词的美丽，或修辞的精致，或蕴涵的深刻，甚而是不揣浅陋，直抒胸臆，故书中定有这么那么的不尽如人意处。无奈，只好留给方家评说去了。

感谢北京燕山出版社，《打捞时光的诗意》得以在2022年这一仍不平凡的一年（2020年初席卷全球的新冠疫情这一第二次世界大战后最大的灾难事件，已大大改变了人类历史的发展进程）顺利出版。愿人类守望互助、同舟共济，早日战胜当下仍然在世界各地肆虐的新冠疫情；愿自然重归美好，世界重归和谐，人们的生活依旧健康、快乐、自由。因为，我们毕竟只有一个地球，世界各国毕竟都是人类命运共同体的一员。祈祷亲人朋友安好，祖国安好，世界安好，人类安好！

峻冰

2022年3月4日晚于成都

图书在版编目（CIP）数据

打捞时光的诗意 / 峻冰著. -- 北京 ： 北京燕山出版社，2022.3

ISBN 978-7-5402-6449-9

Ⅰ．①打… Ⅱ．①峻… Ⅲ．①诗集－中国－当代

Ⅳ．①I227

中国版本图书馆CIP数据核字 (2022) 第038527号

打捞时光的诗意

峻冰 著

责任编辑：满　懿
封面设计：一言文化
出版发行：北京燕山出版社
社　　址：北京市丰台区东铁匠营苇子坑138号C座
电　　话：010-65240430
邮　　编：100079
印　　刷：成都鑫成发印务有限公司
开　　本：787mm×1092mm　1/16
字　　数：170千字
印　　张：10.5
版　　次：2022年3月第1版
印　　次：2022年3月第1次印刷
定　　价：66.00元